Dedicado a todos los niños y niñas del mundo
y a Ignasi Blanch.

Nuestro agradecimiento
a Bea, por su generosidad;
a las sardinas fugadas;
a Pep y Rosa, por ser nuestros primeros lectores,
y a toda la gente que nos ha apoyado.
Y también a Patric por seguirnos la corriente.

Este libro ha sido creado por doce  mujeres que creemos en el trabajo
colaborativo como medio para cambiar el mundo. Todas las ilustraciones
han sido pintadas, recortadas y enganchadas a mano. El Colectivo Rosa Sardina lo forman:
Elena Val, Teresa Guilleumes Morell, Sonia Estela Guerra, Cristina Sabaté, Belén Loza, Alba Ginesta Ferrer,
Maria Josep Figueroa Naqui, Imma Palahí, Natsumi Noma, Lydia Garrido Lafuente, Raquel SanSan y
Leocadia Casamitjana.

Título original: Lota, la catxalota
© 2019 ilustración: Colectivo Rosa Sardina
© 2019 texto: Roser Rimbau
Idea original: Colectivo Rosa Sardina
Traducción del catalán: Roser Rimbau
Primera edición en castellano: octubre de 2019
Maquetación: Volta Disseny
© 2019 Takatuka SL, Barcelona
www.takatuka.cat
Impreso en Novoprint, España
ISBN: 978-84-17383-53-4
Depósito legal: B 21442-2019

COLECTIVO ROSA SARDINA
ROSER RIMBAU

LOTA
LA CACHALOTA

Día tras día, ola tras ola,
el mar estaba cada vez más sucio.
Lota, la pequeña cachalota,
estaba muy intrigada.
¿Qué hacía TODO ESO en su casa?
¿De dónde había salido?

Quizás su amigo el cangrejo tendría la respuesta.
Pero dar con él le costó un buen rato.
—¿Eres tú, Malacu? Con este sombrero no te reconocía.
—¡Chec-chec! —respondió él—. Yo tampoco te veía bien.
¡De repente se fue la luz!

Como Malacu tampoco sabía lo que estaba ocurriendo, él y la cachalota decidieron explorar el mar para descubrir quién lo estaba ensuciando.

Un día y muchas olas más tarde,
encontraron a un cormorán en peligro.

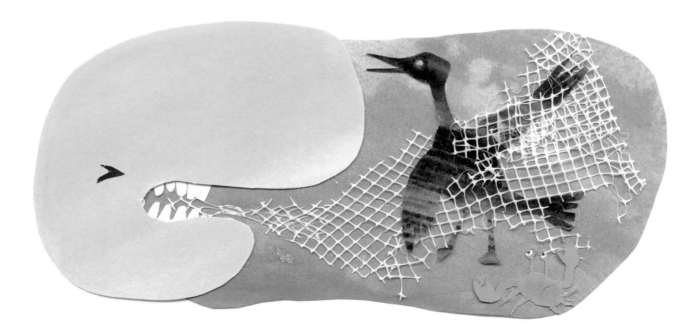

Lota —¡ñac, ñac!— mordisqueó la red con los dientes.
Malacu —¡chec-chec!— la rompió con las pinzas.
Entre los dos liberaron al pájaro.

El cormorán se unió a la expedición en cuanto supo qué estaban buscando.

—¡Seguidme! —dijo—. ¡Para descubrir quién contamina el mar, lo mejor es sacar la cabeza del agua!

Dicho y hecho. Pero lo que vieron no les gustó nada.

Lota se enfadó muchísimo. De un coletazo,
¡CHAF!, les endilgó dos cosas: la basura...
¡y una ducha de campeonato!

—¡Jajajá! ¡Los ha dejado empapados! —se rio
Sumi, la hija del capitán.

¿Y si el barco tenía la respuesta
que estaban buscando?
Lo siguieron y, de un salto,
¡FIIUUUUU...

...CATAPLUM!
se plantaron en el muelle.
Sumi los reconoció
enseguida y corrió a
saludarlos.

Tras escuchar su historia, se apuntó a la expedición.
—Ponte esto, Lota. Si no te disfrazas, ¡te comerán
con patatas! —le advirtió la niña.
—¡Vaya pareado, Sumi! —comentó el cormorán.
—¡Chec-chec, ya estamos todos! —dijo Malacu—.
¡Lota, la detectivota, preparada para investiga

Lo primero que descubrieron es que la suciedad del mar se parecía mucho a los envases de tierra firme.

—¡Mirad! —gritó Sumi—. Tetrabriks, latas, bandejas de porexpán, bolsas y botellas de plástico…
—¡Chec-chec! ¡Me apuesto una sardina a que la comida también está plastificada! —exclamó Malacu.

Había plástico por todas partes:
en la comida y en la bebida,
en los envoltorios, en los globos
y en los juguetes.

¿Cómo era posible?

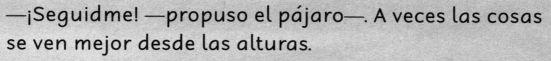

—¡Seguidme! —propuso el pájaro—. A veces las cosas
se ven mejor desde las alturas.
—¡Vaya! —se lamentó la niña—. ¡La que hemos liado los
humanos con tanto plástico!

Lota decidió pasar a la acción:
—¡Ya he descOO**OU**UUbierto de dóÓ**ÓU**UUnde viene la basOO**OU**UUra!
—¿Lota, qué te pasa? —le preguntó Sumi, muerta de risa.
—Estoy hablando en balleno. Pido ayuda a mis compañeros: ¡tengo un plan!

En el mar todos trabajaron aleta
con aleta, ¡incluso los que no tenían!
Si uno daba con una chancla,
el otro encontraba un tapón.
El delfín trajo un neumático.
La tortuga, una botella.
El calamar, un bastoncillo para los oídos
y un chupete, el pez espada.

Trabajaban unidos y sin ningún temor.
La ballena ayudaba a la medusa,
y el mejillón, a la estrella de mar.

El tiburón, echándole el ojo al pulpo, pensaba:
«Hoy no, que tenemos faena. ¡Pero mañana,
como lo pille, me lo meriendo!».

Por fin el agua estaba limpia.
El plan de la cachalota había funcionado.
—¡Muchas gracias, Sumi!
—¡Gracias a vosotros, compañeros!
—¡Chec-chec, acércate, que te suelto un pellizco! —se reía Malacu.

Satisfechos, ya podían regresar a sus casas.

—Papá, ¿volveremos a verlos?

—Ojalá, pero que sea en el mar —respondió él—. Sumi, tenemos mucho trabajo. En el océano ya no queda basura, pero ahora nos toca limpiar en tierra firme.

La niña se quedó pensativa:
—Papá —dijo finalmente—, ¿y si aprendiéramos a no ensuciar?